신 월인천강지곡

新 月印千江之曲

신 월인천강지곡

新 月印千江之曲

정효구

푸른사상
PRUNSASANG

지난해 말, 시론집 『붓다와 함께 쓰는 시론』을 출간하고 '신시 읽기'를 하려던 참에 그만 시를 쓰는 데로 저도 모르게 나아가게 되었습니다.

몇 편의 시를 습작 노트에 써보던 학생 시절이 없었던 것은 아니지만, 시를 다시 쓸 것이라고 생각한 적은 없습니다.

붓이 가리키는 대로 좇아가다 보니 한 달간에 90여 편의 시가 완성되어 시집 한 권의 분량이 되었습니다.

제 마음속을 들여다보니 불교 공부에 심취한 동안, 붓다의 말씀을 제 삶 속에서 읽어두었던 것들이 나툰 것이었습니다. 그러니 이 시는 '붓다와 함께 쓴 시'입니다.

저는 시인이 될 생각이 없습니다. 그저 시가 찾아오면 시를 쓸 수도 있다는 마음입니다.

그러나 이 시집을 통하여 '월인(月印)의 기쁨', '심인(心印)의 기쁨', '법인(法印)의 기쁨', '여래(如來)의 기쁨', '진리(眞理)의 기쁨'과 조금 가까이 만나보는 계기가 되었으면 좋겠습니다.

시집의 제목을 '신(新) 월인천강지곡(月印千江之曲)'이라고 붙인 데는 위와 같은 소망이 들어 있습니다.

2016년 봄날
정 효 구

■ 자서(自序)

제1부　본심(本心)만이 움직이는 마을

제2부 공성(空性)에 대한 심각한 접근

| 차례 |

제3부 우리는 묵묵히 길을 가는 붓다

제1부

본심만이 움직이는 마을

나는 어느새, 꽃이고, 나무이고, 호수이며, 들녘이다.

나는 어느새 풀잎이며, 여울물이며, 세상의 길이다.

닮고 싶은 것들

꽃을 닮고 싶어 환하게 피어나고,
나무를 닮고 싶어 푸르게 솟구치고,

호수를 닮고 싶어 고요하게 깊어지고,
들녘을 닮고 싶어 들판처럼 평평해지면,

나는 어느새, 꽃이고, 나무이고, 호수이며, 들녘이다.

풀잎을 닮고 싶어 작은 풀벌레들을 가슴 안에 품어 안고,
개울물을 닮고 싶어 송사리 떼 마음껏 헤엄치게 놓아주고,
들녘의 길이 되고 싶어 나그네의 길을 방심하듯 열어주면,

나는 어느새 풀잎이며, 여울물이며, 세상의 길이다.

오늘은 특별히 부처님을 닮고 싶어
그분의 80생애 사경하듯 받아 적으니,

지혜처럼 마음이 밝아지고, 자비처럼 온몸은 따스해진다.

동쪽과 서쪽

아무것도 없는 허공에,

동쪽이라 이름 부르니 동쪽이 생겨나고 따스한 동풍이 분다.
동방박사도 동쪽에서 나타나 서쪽으로 아기 예수를 경배하러
달려가고, 사람들은 서역(西域) 삼만 리(三萬里)를 상상하며 동쪽을
떠나 먼 길을 재촉한다.

동쪽뿐인가. 서쪽이라 이름 부르니 서쪽이 생겨나고 태양은 언
제나 아스라한 서쪽으로 사람들의 그리움을 안고 사라진다. 오늘
저녁에도 태양은 서쪽으로 사라졌고 사람들은 사라진 태양처럼
어둠 속으로 몸을 감췄다.

그런데 누군가 나타나
"달마가 서쪽에서 동쪽으로 온 까닭이 무엇이냐"고 물었다고 하
지 않는가.
눈 밝은 선사가 그 말을 듣고 나무토막 같은 주장자만 내려치며

묵묵부답이었다는데
우리는 지금 동쪽에 앉아 있는가, 서쪽에 서 있는가.

너무도 익숙한 동쪽과 서쪽 방향을 두리번거리며 오래된 상식
앞에서 대의심을 내어보며 허공으로 돌아가려는 저녁이다.

물속의 달

물속의 달을 볼 수는 있지만 건질 수는 없다 하여도 서운하기보
단 고맙기만 하다.

갈대밭을 거쳐 강 너머로 사라지는 바람을 느낄 수는 있으나 잡
을 수는 없다 하여도 아쉽기보다는 사랑스럽기만 하다.

푸른 하늘의 새털구름이 지구 저편으로 종적 없이 사라진다 하
여도 또 다른 날에 그들이 몰려올 것이라 생각하니 허망함보다 기
다림이 크다.

푸른 바다의 끝도 없는 밀물 썰물이 바다를 한시도 멈추게 하지
않아 심란하지만, 어느 것도 집착할 수 없음을 그들이 알게 하니
안타깝기보다 아껴주고 싶다.

다보 부처님, 석가 부처님

불국사 앞마당에 화려한 다보 부처님과 소박한 석가 부처님이
서로를 외호하며 서 계신다.

웃옷까지 맞춰 입고 길을 나선 연인들도 그 앞에선 합장 공경하
며 세속 너머의 음양 한 쌍이 되어 평화를 연출하고,

수학여행 온 어린 학생들도 인파 속에서 이리 뛰고 저리 뛰며
무심결에 일체가 되어 탑 주위를 도는 둥근 장엄의 일행으로 동행
한다.

지난 겨울, 불국사에 가보니,
아직도 두 부처님은 '보수 중'이라고 표찰을 내건 채 회복된 모
습을 보여주지 않고 서 있다.

부처님도 보수하고 닦지 않으면 안 되는 길이 바로 진리의 길임을,
불국사 두 부처님의 삶을 보며 깊이 받아 안아본다.

경봉(鏡峰) 스님의 연극론과 바보론

영축산 극락암 삼소굴(三笑窟)의 경봉 스님이
'이 사바세계에서 한바탕 멋지게 연극하며 살아보라'던 연극론과
'바보가 되어 살라'던 바보론이 그리워서
추위도 잊은 채 삼소굴을 찾아갔다.

금강송에 둘러싸인 삼소굴은 선시처럼 정갈하고
앞마당엔 몇 그루의 꽃나무가 겨울날의 배우인 듯
풍성한 몸매로 선량하게 서 있었다.

스님의 연극론을 통달하면 걸릴 것이 없으리라,
스님의 바보론 요달하면 지금 여기가 극락이리라,

극락암 삼소굴 떠나면서
스님 말씀 거듭거듭 품에 안고

이번 생의 나의 배역 심각히 생각해보는데,

이미 바보 배역 스스로 연출하는 젊은 스님 한 분이
극락암의 신도들을 지성으로 배웅하며 웃고 있었다.

와불의 시간

밤이 되면 누구나
눕지 않을래야 눕지 않을 수가 없고,
눈을 감지 않을래야 감지 않을 수가 없으며,
잠들지 않을래야 잠들지 않을 수가 없다.

이런 밤에,
억지로라도 와불의 시간을 경험하고 나면,
우리의 아침은 한결 바다처럼 넉넉해진다.

와불이 그리운 날,
평생을 와불로 누워, '멈춘 이'의 참 자유를 보여준
저 경주 남산 산허리의 마애불을 찾아가볼거나?
저 화순 운주사 상상봉의 석불을 찾아가볼거나?

그들은 한평생 누운 곳을 떠난 바 없으나,
사람들 날마다 예배하듯 찾아오니,

세상 소식 신문보다 더 환히 알고 있고,
세상일 누구보다 더 아파하고 있다.

몽골의 초원

몽골의 초원 한가운데쯤 걷다 보면 풍화된 흰 뼈들이 제각각 적
막하다.

적막이라는 말조차 행인에겐 무거워서 그 말의 무게 잊고 바람
처럼 길을 재촉하면 흰 뼈들 그냥 초원의 풍광으로 자연스럽다.

자연이란 말조차 덜어낼 게 있을 것 같아 더 냉정한 수행자를
흉내 내며 먼 길을 포행하다 보면 흰 뼈들 본래부터 아무 일 없는
초원의 무사한인(無事閑人)들이다.

흰 뼈들의 경계 안고 발 부르튼 초원의 길,
그러나 그 길이 있어 흰 뼈를 내려놓을 수 있었기에 초원에서의
행로는 각별하다.

저 머나먼 아라비아 사막

청마(靑馬) 유치환이
생사 문제를 해결하겠다고 백척간두 진일보의 심정으로 찾아간
우리 시사의 극한지대, 열사의 땅, 아라비아 사막……

그의 아라비아 사막은 언제나 우레 같은 '할(喝)' 소리를 낸다.

나도 청마 따라 아라비아 사막 찾아가니
사막엔 방향 없어 향할 곳이 없고
사막엔 분별 없어 방심이 최고더라.

그냥 서 있기만 해도 여법하게 되는 곳,
그냥 바라보기만 해도 불법에 물드는 곳,
그냥 상상하기만 해도 '나'라는 소음이 잦아지는 곳,

아라비아 사막에선 경전 없이 공부가 된다.
선생이 없어도 자습이 되고
서 있는 모든 곳이 영원인 듯 평평하다.

사해(死海)에 가면

사해에 가면 수영을 하지 못하는 사람도 기적처럼 물 위에서 물놀이를 한다.

인생의 무게에 짓눌렸던 자들도 그곳에선 가벼운 삶을 경험하는 것이다.

자꾸만 땅 밑으로 꺼지듯 가라앉는 이 육신을, 사해는 그게 모든 것은 아니라고 위로한다.

사해 근처 동굴에서 사해문서가 나왔다더니

거기엔 크게 죽어 살아난 '대사활인(大死活人)'의 원력이 모여 있는가.

사해는 죽음으로써 살 수 있는 역설의 공식을 구현한다.

어떤 이는 사해에 손을 담그며 상처 난 부위를 치료한다고 열심이다.

사해는 소독이 되는 곳, 해독이 되는 곳, 소금으로 비본질을 녹

여버린 곳.

사해는 이렇게 사해라는 표면적 이름 너머를 가리키며 다르게
살아 있다.

사람들은 사해에서 죽었다 다시 사는 진실을 학습한다.

무한으로 이어지는

나무가 모여 숲이 되고, 숲이 모여 산이 되고, 산이 모여 산맥이 되고,

빗방울이 모여 샘물이 되고, 샘물이 모여 개울물이 되고, 개울물이 모여 강물이 되고, 강물이 모여 바닷물이 되고,

텃밭이 모여 앞뜰을 이루고, 앞뜰이 모여 들녘을 이루고, 들녘이 모여 평야를 이루고, 평야가 모여 대평원을 이루고,

꽃들이 모여 꽃밭을 이루고, 꽃밭이 모여 꽃동네를 이루고, 꽃동네가 모여 꽃세상을 펼쳐내고,

내가 모여 네가 되고, 네가 모여 우리가 되고, 우리가 모여 우리들이 되고, 우리들이 모여 인류가 되고……

안심

오래된 감나무 늘 그 자리에 서 있으니 안심이다.

옮길 수 없는 큰 바위 늘 그 자리에 앉아 있으니 안심이다.

넓은 운동장 늘 그 자리에서 아이들 기다리니 안심이다.

오래된 고택 늘 그 자리에서 시간을 잊고 무심하니 안심이다.

내 마음속 오래된 불성, 오래된 경전, 언제나 떠나지 않고 부동
심이니 그야말로 대안심이다.

화엄을 요약하다

주위를 둘러보면,

산은 산끼리 모여 산의 화엄 이뤄내고
들은 들끼리 모여 들의 화엄 펼쳐내며
물은 물끼리 모여 물의 화엄 흐르게 하고
바람은 바람끼리 모여 바람의 화엄 연주한다.

다시 주위를 돌아보면,

돌은 돌끼리 모여 돌의 화엄 탑으로 구축하고
새는 새끼리 모여 새의 화엄 공중에 건설하며
나무는 나무끼리 모여 나무의 화엄 공원마다 보시한다.

그러다 다시 주위를 더 크게 돌아보면,

별은 별끼리 모여 검은 창공 빛의 화엄으로 눈뜨게 하고

보석은 보석끼리 모여 검은 땅속 칠보의 화엄으로 환하게 하며
함박눈은 함박눈끼리 모여 탁한 대지 백색의 화엄으로 일색이
되게 한다.

인간들이 쓰는 시도 시끼리 모이면 시의 화엄이 될 수 있을까.
인간들이 쓰는 마음도 마음끼리 모이면 마음의 화엄 되어 빛날
수 있을까.
인간들이 가는 미망의 길도 길끼리 모이다 보면 기적인 듯 화장
세계 이룰 수 있을까.

장강(長江)처럼 흐르는

따로 또 함께, 함께 또 따로.
무아 속의 유아로, 유아 속의 무아로,
만유가 장강처럼 흘러간다.

어제는 풀벌레와 손을 잡고, 오늘은 참새 떼와 거리를 두고,
가까워지고 멀어지는 인연 속에서 멈춤 없이 세계가 흘러간다.

누군가 와서 엄마라고 하면 엄마 되고,
누군가 와서 아빠라고 하면 아빠 되고,
누군가 와서 형이라 하면 형이 되고,
누군가 와서 선생님이라 부르면 선생님 되어,

이름 속에서, 형상 속에서, 새로운 인연이 되어 흘러간다.

오늘은 나, 너와 한몸인 듯 흘러가나,
내일은 너, 나와 남남인 듯 흘러간다.

그러나 우리는 항상 어딘가로 흘러가니,

불래불거(不來不去) 속에서 우리의 흐름은 운명처럼 영원하다.

공성(空性)의 기적

오늘은 나비 되어 날아보고,
내일은 나무 되어 꼿꼿해보고,

어제는 씨앗 되어 고요해보고,
며칠 전엔 장미 되어 붉어보고,

지금은 달이 되어 휘영청 밝아보고,
정오에는 태양 되어 뜨겁게 살아보니,

찰나생 찰나멸 속에 나는 그 무엇도 될 수 있는 주인공이다.

나, 몸속에 은밀한 자재암(自在庵) 한 채 지어놓고 여기저기 한량
처럼 방문하며 지족(知足)하다.

단출한 살림살이

호모 사피엔스 사피엔스, '슬기 인간'을 제외하면,
만유의 살림살이는 소풍 가방처럼 단출하다.

바위는 평생을 맨몸 하나로 살아가고,
나무는 평생을 선 자리에서 만족하고,
풀들은 이름 없이 실뿌리로 생존하고,
나비는 전생부터 집시인 양 길 위의 나그네이다.

흘러가는 강물도 이와 같으니,
강물은 벗은 몸으로 수만 리를 완주하고,
산 또한 이와 같으니,
산은 앉은 자리에서 그대로 영원인 듯 과묵하다.

석존의 삶도 이와 같았다고 『금강경』 첫 장은 전해준다.
'차제로 걸식하여 공양하고, 조용히 발 씻고, 일 없이 본지에 들
었던 삶',
그것이 출가자인 그분의 삶이었다고……

이름에 대한 고찰

엄마는 이름만이 엄마일 뿐 엄마가 아니다.
남편도 이름만이 남편일 뿐 남편이 아니다.

하느님도 이름만이 하느님일 뿐 하느님이 아니듯이
부처님도 이름만이 부처님일 뿐 부처님이 아니다.

엄마라고 부르니 이 소리 사방으로 퍼져나간다.
남편이라고 부르니 이 소리 발성되지 않고 제자리로 되돌아간
다.

하느님은 언제 내가 하느님이라고 했느냐며 고개도 돌리지 않
고
부처님은 태어난 바 없는데 이름이 어디 있느냐며 빙그레 미소
짓는다.

이름 없는 자들이여, 이름을 넘어선 자들이여, 이름을 본래 자

리로 되돌려주는 자들이여.

　소월도 말했듯이,
　산산이 부서진 이름이여, 허공중에 헤어진 이름이여, 불러도 주
인 없는 이름이여, 부르다가 내가 죽을 이름이여.

텃밭에다 씨나 심는 이들

성을 갈고 석가세존 가문으로 석씨(釋氏) 되어 이주한 사람들

석씨 가문도 감옥인 줄 알고 살불살조(殺佛殺祖)를 외치며 어떤 성씨도 거부한 사람들

살불살조 외치지만 잡화(雜花)까지 살려내며 모든 존재를 주인으로 극진하게 섬기는 이들

이런 생각 모든 일이 부질없는 처사라며 밥 먹고 잠자면서 텃밭에다 씨나 심는 이들

큰 바위의 명상

뒷동산에서 제일 크고 무거운 바위가 깊은 명상에 들었더니,

나비도 날아와 잠시 그 위에서 적막을 공부하고,
산그늘도 내려와 일 없는 평화를 공부하고,
덩치 큰 산새도 부리 묻고 둥그렇게 원만해진다.

누구나 주인

나의 집이라고 생각하며
언제나 열려 있는 대문을 열고 집 안으로 들어오면
온갖 생명들이 다 제집이라며 각자의 살림살이에 열중하고 있다.

무당벌레는 거실 벽을 기어다니며,
거미는 천장에서 그네를 타며,
개미는 식탁 위를 기어오르며,
나비는 정원을 돌아보며,
벌들은 꽃밭을 넘나들며,
애벌레는 나뭇가지에 길을 내며,
참새들은 바쁘게 지푸라기를 옮기며,
잠자리는 비단 날개를 손질하며,

그렇게 살림살이를 하고 있다.

그러니 나의 집은 한 번도 빈집인 때가 없다.

내가 퇴근 후 휴식을 취하고 출근을 하여도

나의 집은 빈집이 아니라 온갖 생명들이 집주인 되어 살고 있고

천지는 그들을 주인으로 받들며 차별 없이 자녀로서 살려내고

있다.

진리불인(眞理不仁), 천지불인(天地不仁), 성인불인(聖人不仁), 여래

불인(如來不仁), 불성불인(佛性不仁)······

'불인'으로써 만물들 평등하게 제 살림 살도록 하는 이 우주의

주거 정책은 볼수록 고차원의 묘용이다.

우주법을 자세히 들여다보면

우주법은 만물이 본가(本家)에 이미 있음을 제1조에 기재하고

귀 어두워 그 소리 듣지 못하는 자들을 위해 '귀가(歸家)'와 환가

(還家)'의 규정을

아래 조항에서 무한 반복하고 있다.

80세 생신날의 회향

우리 동네 작은 암자, 보리암의 비구니 스님,

이미 당신의 몸 80세 생신날에 회향하고, 이 땅에서의 남은 나날 시간 없이 무주(無住)의 삶 살아가고 있는데,

그분의 몇 말씀 잊기 전에 기록하고 싶어 세상 문자를 동원해 본다.

— 늙어서 부처님과 사는 재미가 참으로 쏠쏠해요.

— 자비심이 부족한 것 같아 들고양이들에게 공양을 해왔는데, 그들의 야성을 키우는 게 더 큰 자비행 같아 그만두려고 해요.

— 중생심은 자신을 위한 것이 아니면 한 발짝도 떼어놓으려고 하지 않는데 어찌 나를 차에 태워 먼 길을 돌아서 내려주고 간단 말이에요.

— 이 산골에서 우리는 봄부터 겨울까지 꽃이 되어 꽃들과 함께

하나의 화원을 만들어가는 것이지요.

스님은 언제나 나의 차가 모습을 감출 때까지 뒤에서 합장을 하고 서 계신다.

어쩌다 길에서 만나면 골목길을 돌아 집으로 들어갈 때까지 합장을 하고 서 계신다.

겨울 숲에서의 구업(口業)

겨울 숲에선 보이는 것만이 전부인 줄 알고 함부로 말하는 일 없어야 한다.

저 나무는 죽은 것 같다느니,
저 나무는 베어버려야 하겠다느니,
저 나무는 성질이 고약하다느니,
저 나무는 돈이 안 된다느니,

이렇게 무심코 발설했다가

봄이 와서
죽은 나무에서 보드라운 새잎 돋고,
버리겠다던 나무에서 환하게 꽃이 피고,
성질 고약하다던 나무에 뻐꾸기 찾아오고,

돈 안 된다던 나무에 햇살 앉아 따스하게 쉬어가면,

겨울 마음 어느새 과거가 되고 봄 마음 내일처럼 다가오는 까닭
이다.

삶의 역설

누구도 혼자 살 수 없는 세상에서

봄이면 봄을 닮은 봄바람 불고,
여름이면 여름 닮은 여름바람 불고,
가을이면 가을 닮은 가을바람 불며,
겨울이면 겨울 닮은 겨울바람 분다.

그러나 누구도 혼자 살아야 하는 이 세상에서

매화나무 옆에 소나무 푸르르고,
소나무 옆의 원추리 일찍부터 꽃대궁 밀어올리고,
원추리 옆의 산벚나무 수더분하게 흐드러지며,
산벚나무 옆에 참나무 제 이름처럼 사철 내내 참답다.

혼자 살 수 없으나 혼자 살아야 하는 세상,
혼자서 살아가나 혼자 살 수 없는 세상,

만유가 이 사실 잘 알아 오늘도 지구별은 태양 주위를 돌고
강물은 부지런히 바다로 흘러든다.

언제나 피고 지는 꽃의 철학

김소월은
갈 봄 여름 없이 꽃이 피고,
갈 봄 여름 없이 꽃이 지는 것을 아는 드문 시인이었다.

봄에만 꽃이 핀다고 생각하는 사람은 근기가 낮은 자이다.
여름에도 꽃이 피는 것을 보는 사람은 중근기쯤 될 터이다.
여름을 지나 가을까지 꽃이 피는 것을 아는 사람이라면 상근기
라 불러도 좋지 않을까.

그러나
갈 봄 여름 없이 꽃이 피고 지는 것을 함께 보는 사람은 최상의
근기를 품은 자이다.

그렇더라도
겨울이 빠진 이 대목에서
마음의 꽃은 봄부터 겨울까지 언제나 피고 진다며 한 줄을 더

보탤 수 있다면

그는 소월의 시를 아주 먼 곳까지 진화시킨 새사람이다.

버드나무

물가에 발 담그고 버드나무가 작은 마을을 이루어 살고 있다.

그 풍경은 언제나 낭만주의 시풍 같아

사람들은 그 앞에서 저절로 몸이 젖고

때로는 백로도 날아들어 한가하게 쉬어 간다.

물을 사랑한 나무와 물이 사랑한 나무가

물가의 풍경을 완성한다.

하느님 보시기에 좋은 에덴의 풍경,

누가 보아도 훌륭한 이 땅의 선경(仙境).

생색(生色)

바람도, 햇살도, 봄비도, 함박눈도
생색내지 않고 이 땅에 찾아온다.

하늘도, 구름도, 별들도, 무지개도
결코 생색내지 않고 이 땅을 수식한다.

언덕의 꽃들도 생색 없이 아름답고,
숲 속의 나무들도 생색 없이 매혹적이다.

강물의 흐름도 생색 없이 물길을 만들고
바다의 파도도 생색 없이 리듬을 만든다.

생색 없는 삶들 앞에서 부끄럽다.
단 하루만이라도 생색내지 않고 살아볼 수 있다면,

내 어깨 위에서 쉬고 있는 잠자리

여름날의 해질 녘,

하늘을 날던 잠자리가 내 어깨에 앉아 쉬고 있다.

잠자리가 비로소 나를 무서워하지 않게 되었나 보다.

나는 잠시 다른 나라에 와 있는 듯하다.

나는 그가 너무나 소중하여

잠든 아이 깰까 봐 숨죽이며 발걸음 옮겨놓듯이

몸도 마음도 적막처럼 가라앉혔다.

잠자리는 내 어깨에 앉은 채 한참을 곤히 자듯 머물더니 불현듯 잠을 깬 듯 어디론가 황급히 날아간다.

나는 그것이 내 탓이라 생각하며 일어난 나의 한 생각을 나무란다.

제법 큰 짐승인 내가 한 생각을 일으켰으니

잠자리가 날아가는 것은 당연하리라.

어쩌려고 이렇게

어쩌려고 이렇게 새싹들을 마구 솟아오르게 한단 말인가.

어쩌려고 이렇게 꽃들을 대책 없이 피워 올린단 말인가.

도대체,

어쩌려고 이렇게 이파리들을 수도 없이 검푸르게 키워간단 말
인가.

어쩌려고 이토록 수많은 열매들을 가을 산하 가득히 만들어낸
단 말인가.

아니, 정말,

어쩌자고 이토록 엄청난 씨앗들을 열매 속에 까맣게 담고 서 있

단 말인가.

그런데 정말로 알 수 없는 일은

가을이 그 까만 씨앗들을 어떻게 그토록 무심히 대지로 내려놓고 잠적하는가 하는 점이다.

우주가 짓는 농사에 우주의 숨은 뜻이 있을 것이라고 막연히 믿어보나

이 세상엔 모르는 일 너무나 많아,

나도, 너도, 늘 쩔쩔맨다.

내가 사랑하면

내가 나무를 사랑하면 나무도 윤기 나는 이파리로 화답하고,

내가 꽃을 사랑하면 꽃도 화려한 꽃잎으로 화답하고,

내가 풀을 사랑하면 풀잎도 싱싱한 기운으로 화답하고,

내가 바위를 사랑하면 바위도 안정된 모습으로 나를 기다리고,

내가 시냇물을 사랑하면 시냇물도 명랑한 소리로 나에게 가까이 달려온다.

'한 일(一) 자'처럼 단순하나 '참 진(眞) 자'처럼 심오한 삶의 문양들, 세상의 인연법들!

양지꽃, 양지촌

양지꽃이 양지바른 곳에 피어 있다.

밝은 마음만 노랗게 모아놓은 듯한 양지꽃 앞에서

나는 그대로 밝은 마음이 된다.

양지꽃은 햇볕을 누구보다 사랑하는 꽃,

그의 몸에선 햇볕 냄새가 난다.

양지꽃 몇 포기 언덕에 피어 있으면

산 아래 작은 마을은

꽃 피는 그동안, 있는 그대로,

작은 어둠도 깃들 수 없는 환한 양지촌이다.

하나가 된다

꽃이 피는데 왜 사람들이 그토록 흥분할까.
정말로 좋아할 주인공은 꽃들일 터인데
꽃보다 먼저 사람들이 야단이니 이상한 일이다.

나무에서 새잎이 돋아나는데 어찌하여 사람들은 그토록 흥분할까.
참으로 좋아할 주인공은 나무일 텐데
나무보다 앞서 사람들이 야단이니 나무는 이상하여 조용하다.

일렁이는 바다를 바라보며 사람들은 왜 그토록 환호할까.
바다는 일상처럼 하던 일을 하고 있을 뿐인데
사람들이 소란을 피우니 바다는 어리둥절하다.

높은 설산을 바라보며 사람들은 왜 그리 감격할까.
설산은 생각 없이 처음부터 그렇게 앉아 있는데

사람들이 감격하니 설산 또한 이상할 뿐이다.

하늘의 별들을 바라보며 사람들은 또한 흥분한다.
이름까지 붙여가며 흥분하는 사람들을 보며
별들은 아직도 그 이유 알지 못해 밤마다 깜빡이는 눈빛이다.

그러나,
알고 보면,

세상은 이렇게 좋아하는 사람들 있어 약동하고
세상은 이렇게 흥분하는 사람들 있어 하나가 된다.

본심(本心)만이 움직이는 마을

인간사 속에 승가 공동체가 있다는 게 경이롭다.

수많은 대중들이 움직여도 마치 부처님 한 분이 움직이는 것과
같다는 그 승가 공동체를 생각한다.

오직 본심만이 움직이는 마을,

만법이 하나로 돌아간다는 것을 온전히 보여주는 마을,

오늘 아침 봄 풍경에 취하여 이곳저곳 마음 주며 거닐다가

하나로 움직이는 봄의 기틀 느끼며 흠칫 놀란다.

알고 보니 이곳도 승가 공동체이구나!

누가 있어 일승의 바퀴를 이 봄날에 돌리는 것인가.

봄 풍경 진경으로 펼쳐지는 모습에 감탄하며

나도 세속 이름 지우고 그대로 진경 속에 편입되어본다.

먼 길

태양도 먼 길을 가고, 달빛도 먼 길을 간다.

바다도 먼 길을 가고, 강물도 먼 길을 간다.

인류가 갈 길도 멀기만 하여 아득하고 하염없다.

또한 내 마음이 갈 길은 얼마나 멀고 멀어 아득한가.

먼 길을 가는 자들은 누구나 무상(無常)의 신비 속에 먼 길을 가고,

혼자만 먼 길을 가는 줄 알지만 무아(無我)로 하나가 되어 먼 길을 간다.

아무리 멀어도 누구나 가야 하고 누구도 갈 수 있는 길,

아무리 가까워도 누구나 돌아가야 하고 누구나 물으면서 가야
하는 길.

제2부

공성에 대한 심각한 접근

호수의 잔잔함 앞에서 선정에 들고,

...

호수의 새 떼들 사랑하며 자비를 연습한다.

도량에 기대어

통도사 금강송들 우러르며 눈을 씻고,
월정사 계곡물 소리 들으며 막힌 귀를 트이게 한다.

쌍계사 녹차밭 바라보며 헐떡이는 숨결을 가라앉히고,
화엄사 섬진강물 따라가며 굳은 마음을 풀어본다.

금산사 큰 마당에선 옹색한 몸을 활달하게 펼쳐보고,
조계사 대웅전 큰 부처님 앞에선, 영웅의 큰 마음을 짐작해본다.

팔정도(八正道)의 비유법

정견(正見)처럼 환한 태양

정사유(正思惟)처럼 똑똑한 대하(大河)

정어(正語)처럼 격조 있는 호수

정업(正業)처럼 유익한 대지

정명(正命)처럼 믿음이 가는 고목

정정진(正精進)처럼 노력하는 농부

정념(正念)처럼 일심인 학생

정정(正定)처럼 고요한 삼경(三更)

부자와 빈자

부자인 당신이 어쩌다 이렇게 참담한 거지가 되었느냐고,
당신은 어서 이 거지의 옷을 벗고 황금빛 옷으로 갈아입으라고,

『법화경』 설주(說主)가 애원하듯 간청해도,

부자인 걸 까마득히 잊은 우리는 또다시 걸인이 되어 바깥으로
떠돌며 구걸하고,

어찌하여 불난 세상 화택(火宅)에서 나오지 않느냐며,

『법화경』 설주,
다급하게 비상시국 사이렌 소리 연달아 울려대도,

눈멀고 귀먹은 우리들은 아무 일 없다며 매일매일 천하태평이다.

호숫가에서의 공부

호수의 잔잔함 앞에서 선정에 들고,

호수의 드맑음 앞에서 재계하고,

호수의 드넓음 바라보며 해탈을 감지하고,

호수의 깊이를 따라가며 인욕을 키워가고,

호수의 새 떼들 사랑하며 자비를 연습한다.

사철 푸른 소나무의 말씀

사철 푸르른 소나무에게
그 비결 삼가며 물었더니

나는 한 번도 사철을 분별한 바 없고
나는 한 번도 나 자신을 잊은 바 없다며

하늘의 달을 은밀하게 가리킨다.

하늘의 달을 바라보니
달은 언제나 지구 둘레를 법칙처럼 돌고 있고
달빛은 언제나 모든 곳을 밝히는 월인(月印)의 은빛 등불이다.

소나무의 푸르름 전등록(傳燈錄)처럼 이어지듯
하늘의 달 또한 전등록을 쓰고 있는 나날이니
아래를 보나 위를 보나 세계의 시방은 진여이다.

정원에서의 공부

정원의 나무들 해마다 지켜보며
몇 생을 두고 윤회하는 그들의 모습을 만나고,

정원의 꽃들 해마다 가꾸며
삼생인과(三生因果)가 무엇인지 실감 있게 짐작한다.

정원의 잔디들도 놀라운 한 소식을 전해온다.

죽은 것이 죽은 것이 아니라고……
밟힌 것이 밟힌 것이 아니라고……
작은 키가 작은 것이 아니라고……

봄, 여름, 가을, 겨울

봄이 오니 여름이 오고,
여름이 오니 가을이 온다.

가을 지나가니 겨울이 오고,
겨울이 지나가니 다시 새싹 돋는 봄이 밀려온다.

이 자명한 사실을 아는 데 50년이 걸렸다면 너무 긴 것일까?
이 사실을 아느라 수백 권의 책을 읽었다면 너무 아둔한 것일까?
이 사실을 알려주고 싶어 말을 많이 하게 되면 그것도 죄가 될까?

다시, 봄, 여름, 가을, 겨울

봄은 어느 분이 보내시는 것일까.
여름은 어디서 뜨겁게 오시는 것일까.
가을은 왜 늦은 시간에 불현듯 당도하시는 것일까.
겨울은 왜 윤회하듯 봄을 불러들이시는 것일까.

'오직 모를 뿐'이나 '오직 놀라울 뿐,'
'오직 여여(如如)할 뿐'이나 '오직 활발발(活潑潑)할 뿐,'
모르는 가운데 놀랍고, 여여한 가운데 활발발한,
대우주의 활동, 한마음의 작품.

사하촌(寺下村)의 바람 소리

낮의 태양 속에서 만유가 드러났다 밤의 어둠 속에서 만유가 사라진다.

드러나는 분별의 신비와 사라지는 무분별의 신비여!

유무의 반복 속에서 세상은 밀물 썰물의 모습으로 흘러가고,

눈 밝은 지혜인은 '은현자재(隱現自在)'라는 사자성어를 만들어 자꾸만 사하촌으로 흘려보낸다.

의심하지 말라고……

괜찮다고……

이런 소리들이 흘러들어도 비루한 사하촌의 살림살이가 하루아침에 크게 도약하지는 않겠지만,

풍문 같고, 독경 같은 이 소리들은 사하촌의 바람이 되어 이 골목 저 골목을 일깨우며 무시로 떠돌고 있다.

지수화풍(地水火風)

바람(風)은 어디서 오시는가.

온기(火)는 누구의 손을 잡고 이리로 오시는가.

물(水)은 그 근원이 어디이시며, 대지(地)는 어떻게 묵언의 대모

신이 되어 날마다 평평한 존재로 낮은 곳에 계시는가.

사라쌍수 아래서 깨달으신 고타마 붓다는 '연기법'을 보았노라

말씀하셨지만,

연기법의 계산은 신산(神算)이자 암산(暗算)이고,

연기법의 주인은 계산법을 가르치는 데 도통 무심한 듯하니,

우리들의 계산은 언제나 저마다의 환산(換算)이고, 저마다의 오

산(誤算)이다.

무진장(無盡藏)

하늘엔 별들이 너무나 많아 평생을 바쳐도 그 수를 다 셀 수가 없다.

대지엔 꽃들이 너무나 많아 인간이 만든 수를 다 동원하여도 아무 소용이 없다.

바닷가엔 모래알들 너무나 많아 항하사 미진수의 모래알 같다는 붓다의 비유까지 낳게 하였고,

나무들엔 이파리들 너무도 많아 온 동네 새들이 드나들어도 닿지 않은 첫 자리가 무수하다.

가을이면 풀섶엔 풀벌레 소리 자욱한 안개같이 가득하다. 몇 생의 가을밤을 바쳐야만 그 소리를 겨우 구분할 수 있을지 모르겠다.

무한이여! 무수함이여! 무궁이여! 무진장이여!

이름들

벚나무, 참나무, 소나무, 대나무, 자작나무,
대추나무, 밤나무, 사과나무, 감나무, 오얏나무……

아랫마을, 윗마을 저너머, 이너머, 중촌마을,
개신동, 사직동, 분평동, 산남동, 비하동……

이름을 부를 때마다 세상은 차갑게 '분별' 되고,
이름을 부를 때마나 번뇌는 뜨겁게 치성하고,
이름을 부를 때마다 마음은 얼음판처럼 미끄러워지고……

이해와 오해

이해되셨죠?
이번 생에 선생으로 산 내가 아주 많이 한 말이다.

잘 알았죠?
이것 역시 이번 생에 선생으로 산 내가 자주 한 말이다.

오독과 오해의 땅에서,
나는 깜빡 잊고 이해했느냐는 엉뚱한 말을 아이들에게 하고,
달마 대사도, 만해 스님도 '불식(不識)'이라고 이미 고백한 이 세상에서,
나는 겁도 없이 알았느냐는 난해한 말을 자꾸 그들에게 실언처럼 던진다.

시간과 공간 속에서

시간을 버린 만큼 자유가 오고
공간을 버린 만큼 평화가 오는데

사람들은 내 나이를 수시로 묻고
나는 친구들이 사는 곳을 다정하게 물어 수첩에 보관한다.

시간 속에 있는 무한은 왜 그 모습을 보여주지 않는가.
공간 속에 있는 허공은 왜 그 모습을 배경 속에만 두고 있는가.

시간을 타고 가는 인생 열차에서 사고가 나듯 일탈할 수 있다면,
공간을 딛고 가는 지구별 여행에서 광인인 듯 날개 달고 도망칠
수 있다면,

시간에 맞춰 학교에 가는 차 안에서

공간이 없으면 넘어지는 길 위에서

나는 자주 현실을 깜빡 잊고 시공 없는 저 언덕과 저 너머를 그리워한다.

지구별에서의 살림살이

지구별의 한 모퉁이에서 사람들이 세간살이를 질주하듯 늘려
간다.

어떤 나라는 대한민국이 되고,

어떤 도시는 특별시가 되고,

어떤 지역은 광역시가 되어,

크고, 특별하고, 광대하게 세간의 창고를 완성해가고 있다.

문명들로 가득찬 인간세상은 어디나 창고가 되어간다.

사람들의 마음속도, 그들의 거실도, 그들의 집과 마을도,

그들의 국가와 이웃 나라도, 그들의 세계사도 전체가 창고를 닮
아간다.

여백을 쫓아내는 이 무모한 창고의 세상에서

어느 선지식이

목이 쉬도록

무아상(無我相), 무인상(無人相), 무중생상(無衆生相), 무수자상(無壽

著相)을 『금강경』의 법력으로 외워봐도

　세상은 여전히 창고들의 마을이다.

　이제 남은 것은 비전으로 전해온 극약처방 하나가 있다.

　공포탄(空砲彈)이 아닌 공(空)폭탄을 투하하는 것이다.

　이 폭탄에 맞는 행운이 온다면 세계의 첫 자리는 아침처럼 솟아

나리라.

바다 공부

동해, 서해, 남해, 북해, 지중해, 홍해, 사해, 흑해, 한국해, 중국
해, 러시아해, 북극해, 남극해, 발트해, 현해탄, 대서양, 태평양,
인도양, 북빙양 그리고 남빙양······

이것은 바다의 이름이다.

바다의 이름은 생각만 해도 대방광(大方廣)의 소식을 풀어내듯
시원하다.

만해(萬海), 법해(法海), 덕해(德海), 지해(智海), 성해(性海), 명해(明
海), 도해(道海), 진해(珍海), 여해(如海), 선해(鮮海), 정해(淨海), 현해(玄
海), 월해(月海), 원해(願海), 원해(圓海), 충해(忠海), 학해(學海), 향해(香
海)···

이것은 불가의 법명(法名)들이다.

'바다 해(海)'자 들어가는 법명들은 바다 없는 바다의 격외(格外)

소식 전한다.

그러나 제일 크고 깊은 바다는 석가세존이 가리킨 '고해(苦海)'이
다. '고해'의 가르침 제대로 들으면 모든 바다 공부 일시에 끝나고
큰 한 소식이 푸르게 푸르게 펼쳐진다.

화삼백(畵三百), 시삼백(詩三百)

조동일 교수의 산수화첩『산산수수(山山水水)』엔 300점의 산수화
가 들어 있다.

학문의 길 끝자리에서 솟아난 그의 영혼의 선율을 본다.

거칠지만 진국인 그의 그림 300편을 화제와 함께 차례차례 감
상하다 보면

'시삼백 사무사(思無邪)'이듯, '화삼백 사무사'라는 말이 자연스럽
게 떠오른다.

'사무사'에 이르는 길은 대우주와 대자연의 도(道)에 계합하는 것,

내 말을 주장하는 것이 아니라 실상의 말씀을 겸허히 경청하
는 것,

나를 위한 예술이 아니라 만유를 있는 그대로 사랑하는 것,

노 교수의 산수화첩 앞에서 학문과 시와 그림의 최종 지점을 사
유해본다.

유식무경(唯識無境)

가만히 놔두면 될 터인데 만져서 부스럼 만들어내듯

삼라만상 그대로 두고 보지 못하여 세상도 나도 통증을 앓는다.

유식학(唯識學)의 대가들은 진작부터 '유식무경' 네 글자를 만들어서

온 세상에 전하며 경고했는데

이 소리 들은 자는 드물기가 귀인 같다.

간혹 이 말 알아들은 이들이 선지식(善知識)의 열성으로

여기저기 강연하고 좋은 논문 쓴다 하나

이 말, 이 글 난해하여

유식무경 네 글자는 문밖에서 쓸쓸하다.

아상(我相)이 지은 집

바야흐로 원룸 시대이다.
원룸은 아상이 지은 최대치의 집이다.

가족이란 이름 속에서도,
직장이란 사회 속에서도,
국가란 이데아 속에서도,
사람들은 제각각 원룸의 인간이 되어 살고 있다.

이 진화(?)된 인간들의 벼랑 같은 집에서
어떤 이는 탐닉하고,
어떤 이는 고독해하고,
어떤 이는 우울해하고,
어떤 이는 바람처럼 떠다닌다.

이런 '멋진 신세계'에서
실은 대우주가 하나의 '원룸'이라며 사자후를 토할 자는 누구일까.

　원룸들의 막힌 칸을 스스로 해체하고 진정한 신세계로 귀의케
할 자 누구일까.

계곡물을 관찰하다

겨울의 계곡물 고요히 숨죽이더니
봄날의 계곡물은 한결 여유롭다.

여름날 계곡물살 급하게 내달리더니
가을날 계곡물은 은자(隱者)처럼 내향성이다

좋은 풍경

문경이나 안동쯤, 가을 사과밭에 들어서면 얼굴 금세 사과같이 붉어진다.

안성이나 영동쯤, 가을 포도밭에 서서 키 낮추고 포도송이 우러러보면,
프랑스의 몽상가 바슐라르가 포도밭의 포도송이들을 샹들리에라고 감탄하여 바라본 것 그대로 공감된다.

여름에는 양평이나 강진쯤, 연꽃 보러 떠나면 어떠할까.
홍련 백련 어우러진 연꽃 연못 완상하면 누구나 평소보다 한 뼘쯤은 높아지고 맑아진다.

늦가을엔 특별히 청도나 상주쯤, 감 구경을 떠나면 어떠할까.
감들이 만든 감마을 둘러보면 마음 그대로 풍성해져 앞으로도 배고플 일 전혀 없을 것만 같다.

하늘을 잃어버린 사람들

하늘이 없는 세상,
허공이 없는 세상,
밤이 없는 세상,
별들이 없는 세상에선,
무명을 깨칠 기회 정말 없을 것이다.

미국에선 이미 밤하늘보호구역이 생겼다고
을유문화사의 두터운 미래사전 표제에 들어 있더니
우리들이 사는 이 대한민국에도 밤하늘보호구역이 탄생했다고
소식이 들려온다.

경상북도 영양군의 오지마을, 밤하늘밖에 자랑할 것이 없는 첩
첩산중,
그곳에 밤하늘보호구역이 생겼으니 밤하늘을 체험하러 오라는

뉴스이다.

하늘을 잃어버린 문명인들,
허공을 모르는 도시인들,
밤에도 잠들지 않는 현대인들,
별들을 잊어버린 실내인들,

그들에게 권하노니,

경상북도 영양군의 오지마을, 밤하늘보호구역에라도 자주 가
시라.
여건이 허락하면 그곳에서 일 년쯤 자원봉사라도 하면서 살아
보시라.

자업자득

인공지능의 탁월한 능력 때문에 사람들이 모처럼 심각하게 동요한다.

실은 자업자득이다.

그러나 인류가 무의식 속에서 원한 것은 일하지 않고 노는 것이 아니었던가.

이제 일체를 인공지능에게 맡기고 인류는 원 없이 놀아보자.

그러다 노는 일도 싫증나면 삭발하고 출가하여 새살림 한번 살아보자.

너도 나도 출가 대열 합류하면 이 땅은 어느새 극락정토가 되지 않겠는가.

공성(空性)에 대한 심각한 접근

살고 싶지도 않고 죽고 싶지도 않다면 도대체 어쩌겠다는 것
인가.

불생불멸(不生不滅)의 의미를 밤새워 음미하는 시간이다.

좋은 것도 갖고 싶지 않고 나쁜 것도 버리고 싶지 않다면 이 또
한 어쩌겠다는 것인가.

불구부정(不垢不淨)의 가치론을 오래 탐구하는 시간이다.

많은 것도 좋고 적은 것도 좋다 하면 이는 또한 어떤 것일까.

부증불감(不增不減)의 계산법을 새롭게 배워보는 나날이다.

초파일 연등불 이미 밝혀 있어

봄꽃이 피니 천하가 연등 행렬이나.

가을 열매 무르익으니 천지가 연등불이다.

여름날 밤하늘 높이 우러르면 무수한 별들 연등처럼 이미 밝혀
져 있고

겨울밤 맑은 하늘 오랫동안 바라보면

밤중까지 반짝이는 몇 개의 시린 별들, 가난한 여인의 빈자일등
(貧者一燈)으로 빛나고 있다.

난해한 진실

태어나지 않는 것이 인생의 목표라고 말하면 사람들은 농담이라며 웃는다.

태어난 것이 고통이라고 말하면 사람들은 엄살이 섞인 투정이라고 오해한다.

태어났으니 수행해야 한다고 말하면 사람들은 도인 냄새가 난다며 시니컬해진다.

태어났으니 죽는 것이라고 말하면 사람들은 죽음이 남의 일만 같기에 딴청이다.

무슨 말로도 알려주기 어려운 소식, 한 소식 했다는 사람도 전해주기 어려운 진실,

아마도 이 세상에 긴신마큼 전하기 어려운 게 달리 없는 듯하다.

의심 없이 씨 뿌리는 사람들

봄이 되면 농부들은 아무런 의심 없이
감자를 심고,
콩을 심고,
파씨를 뿌리고,
볍씨를 다듬는다.

감자를 심으면 감자가 나오고,
콩을 심으면 콩이 나오고,
파씨를 심으면 파가 나오며,
볍씨를 심으면 벼가 싹튼다는 것을,
그들은 알고 있기 때문이다.

이 간단한 원리가 실은 우주의 대법칙이라고,
아니, 삶의 법칙이라고 말한다면,

사람들은 어리둥절할 것이다.

그러나, 마침내,

그 뜻을 알게 되는 날이 오면,

사람들은 서재조차도 필요 없다며 자기들의 방을 허공으로 비
울 것이다.

언제나 무사(無事)한 세상

도대체 무슨 일이 있단 말인가.
아니, 무슨 문제가 이 세상에 있단 말인가.

이 사실을 알 때까지 우리는 고통스럽고
석가세존은 '고제(苦諦)'를 '고성제(苦聖諦)'라고까지 부르면서 안
타까워하신다.

아무 일도 없는 세상에서 나는 언제나 일을 만들어내고
아무 문제도 없는 세상에서 그도 언제나 문제를 만들어낸다.

아이가 일을 일으키면 부모가 그것을 해결하려 애태우듯
석가세존도 우리를 따라다니며 45년간이나 애를 태우셨으나
부모님이 그러하듯 세존께서도 역부족이시다.

세존께서 열반하시며 전해주신 자등명(自燈明) 법등명(法燈明)의
처방전을 펼쳐본다.

지금도 이 말씀은 세상 밖 외진 곳에 머물러 있고
사람들은 여전히 등불 없이 살고 있다.

그러나 어두워 고통스러운 우리들과 관계없이
이 세상은 본래 아무 일이 없는 무념의 땅,
무사하고 한가한 대원경(大圓鏡)의 본처이다.

어제도 해가 떴고 오늘도 해가 뜨며 내일도 해가 뜰 것임과 마
찬가지로
세상은 세간적 파도를 넘어서며
한결같이 태연하고 초연한 무심의 공터이다.

산하대지가 참빛

산이 무서운 줄을 모르는 사람들이 많다.

산신이 없다고 주장하는 사람은 더욱 많다.

산이 살아 있다는 말을 무시하는 사람도 정말 많다.

산이 살아야 네가 산다고 말하여도 듣지 않는 사람이 수도 없다.

산이 나를 위해 존재한다며 망상으로 죄짓는 사람 또한 부지기수다.

이런 사람들에게 '산하대지가 참빛'*이라고 말하는 드문 사람이 있다.

이런 사람들을 위하여 산신각을 모시는 자애로운 고찰(古刹)도 있다.

이런 사람들을 위하여 산지기가 되고자 대원력을 세운 고수(高手)도 있다.

* 양형진, 『산하대지가 참빛이다』, 장경각, 2001.

내생을 꿈꾸다

내생엔 어디서 무엇이 되어 살게 될까?
내생이란 말이 환상처럼 아득하나
내생의 상상은 그치지 않는다.

내생에는,
법계가 허락한다면,
출가승이 되어서 금강산 어디쯤이나 오대산 어디쯤에 머물러
볼까.
행자 때부터 착실히 공부하여 본성품을 이끄는 일류 가이드가
되어볼까.

세상에서 가장 중요한 일은 길을 안내하는 것,
정말로 좋은 길을 알아내어 그 길을 보시하는 것,
정말로 바른 길을 알아내어 그 길을 가리키는 것,

정말로 멋진 길을 알아내어 사람들과 도반이 되어 걷는 것,

그런 내생을 살고 싶다면 지금부터 많은 준비 철저하게 해야 하리라.

선지식을 찾아가 특별 과외 받으면서 물러서지 않겠다고 다짐해야 하리라.

꿈은 이루어진다고 하지 않는가.
작은 꿈도 발아하면 큰 꿈이 될 것이니,
꿈의 씨앗 마음 터에 공들여 뿌려볼 일이다.

오래된 미래

바다가 일원상(一圓相)을 실천해 보이면
강물은 한일자를 몸소 드러낸다.

하늘이 큰대자를 광대하게 그려 보이면
땅은 일심의 장을 펼쳐 보인다.

허공이 극을 넘어 무극(無極)을 묘사하면
대지는 대모(大母)처럼 태극의 씨앗들을 생성하고

만유가 우주를 품어 안으면
우주는 만유를 법으로서 외경한다.

이제는
흩어진 것을 하나로 모을 때,
단절된 것을 하나로 이을 때,

배제된 것을 하나 속에 끌어안을 때,
서로가 밝음 속에서 사랑할 때.

제3부

우리는
묵묵히 길을 가는 붓다

그러나, 봄날의 들녘은, 누가 뭐래도,

잘 쓰인 문장이다, 빛나는 미문(美文)이다.

하얀 꽃 다섯 송이

아직도 겨울인 것 같은 이름만의 초봄,

하늘에서 하강한 듯,
하얀 꽃 다섯 송이가 낮은 언덕 묵은 풀잎 속에 서로 몸을 기대
며 청아하게 피어 있다.

나는 봄날의 화신(花神)을 만난 듯 너무 기뻐 놀라면서 주변 사람
들을 불러 모으고
우리는 그를 둘러싸며 뜨겁게 그의 강신(降神)을 환영하였다.

올해 봄맞이는 이렇게 시작되었다.
이쯤이면 올해도 상서로운 꽃신들과 격의 없는 동행을 멋지게
할 수 있을 것 같다.

너그러움

봄이 되니 만물이 너그러워진다.

몸을 야무지게 싸맸던 목련도 조금씩 헤픈 모습을 하고,

꽃 몽우리를 안으로 단속하며 한겨울을 지냈던 산수유도 흥분하는 기색이 역력하다.

아예 땅속으로 잠자러 들어가서 대문까지 밀봉했던 개구리도 뛰어나와 주변의 흙들을 부드럽게 달래보고,

고단하여 고개를 제 몸 속에 파묻고 고적하게 지내던 새들도 어린아이처럼 마당 가로 몰려나와 오래된 날개를 다듬기 시작한다.

사람들도 봄날에는 가벼운 옷으로 갈아입고 봄 안부를 이리저

리 주고받으며 소란히 마음 운동을 시작한다.

겨우내 문 닫고 지냈던 초등학교 교정도 신입생을 맞으려는지
닫혔던 대문을 크게 열어붙이고 비질이 한창이다.

봄날 들녘

봄이라며 트랙터가 삽시간에 묵은 밭을 고르게 갈아놓으니
하늘이 그 드넓은 평화 위에 넉넉하게 내려앉는다.

봄비로 물을 품은 논들이 저마다 찰랑이며 지족의 표정 역력
하니
떠다니던 구름들이 한량처럼 찾아와 시간 잊고 놀고 있다.

이제 막 모내기를 끝낸, 연약하나 사랑스런 연녹색의 논을 보니
개구리들 짝 찾으며 그들만의 육성으로 한 달 넘게 음성 공양이다.

이런
봄날의 들녘에서 '법희선열(法喜禪悅)' 운운하며 숨은 기쁨 전도
하면
나는 세상 물정 모르면서 비문(非文)이나 퍼뜨리는 비현실의 사

람일까?

  그러나, 봄날의 들녘은, 누가 뭐래도,
  잘 쓰인 문장이다, 빛나는 미문(美文)이다.

고마울 것이 처음부터 없기에

고맙다는 말조차 이미 상대를 온전히 지우지 못한 것이다.
부처님이 꽃을 높이 들고 가섭 존자가 미소 지은 이심전심 이전
의 단계이다.

들마다 산마다, 꽃밭마다 정원마다 꽃들이 한창이다.
저마다 제 꽃을 들어 보이며 서로가 이심전심의 미소 중이다.

고맙다는 말조차 소용없는 곳,
고마울 것이 처음부터 없기에 고마운 세계,
그런 세계가 이 봄날 천지를 안전하게 운행한다.

새들의 소식

새들이 하루 종일 지저귀며 분주하다.
집 안에 가만히 앉아 있어도 그들이 생생한 소식을 배달한다.

아직은 세상이 살 만하다고,
숲 속도, 들녘도 아직은 괜찮다고,
당신 집 나무들도 아직은 건강하다고,
우리들도 아직은 건강하다고,
올해는 꽃들이 일찍 필 것 같다고,

그들은 날아다니며 소식을 알린다.

새들의 소식 들으면서 괜한 걱정 내려놓는 봄날의 하루,
새들을 바라보며 의욕도 조금씩 키워보는 봄날의 늦은 오후,
새들을 반기면서 그들의 소리를 고마움으로 끌어안는 봄날의
마음.

초발심(初發心)의 시간

봄날의 새싹들,
어느 하나 예외 없이 '초발심'의 표정이다.

진실하게 꽃 피우고,
선량하게 성장하고,
아름답게 열매 맺겠다는
순정한 열망이 그들 속에 있다.

학교에 입학하는 봄날의 새내기들,
그들 또한 예외 없이 '초발심'의 얼굴이다.

저학년 때 기초 다지고
고학년 때 열매 맺어
멋진 인생 열겠다는 신성한 각오가 그 속에 있다.

시작이 좋아야 끝이 좋다는 속담처럼,

'초발심시변정각(初發心時便正覺)'이라는 『화엄경』의 전언처럼,

초심으로 돌아가라는 세간의 교훈처럼,

우주 만유의 시작은 본심의 움틈이고 그에 대한 사랑이다.

봄의 햇살

봄의 햇살이 마당에 상쾌하게 쏟아진다.

아직 어린 햇살 같다.

마당에서 동그란 꽃 몽우리 조심하며 열고 있는 꽃나무들이

한 폭의 유년기 선화다.

이 때 묻지 않은 소묘 앞에서

나는 숨을 고르며 찬찬히 살아난다.

빈터로 부는 바람

아무도 살지 않는 산골의 버려진 빈집인 줄 알았더니
민들레가 화단 가득 은하수처럼 모여 노랗게 살림살이하고 있다.
온갖 새들도 제소리를 연주하며 울타리 너머 이웃집까지 돌보
고 돌아온다.

쓸모없는 빈틈이라 생각하며 무심코 스쳤더니
그 틈마다 연둣빛 새싹 돋고
새싹 사이 불개미 떼 일념삼매로 작업 중이다.

버려진 빈곳이라 여기면서 허술히 바라보았더니
빈터는 그대로 그 자리에서 큰 역할 하고
빈터로 부는 바람은 이 외진 곳을 신비로운 세계로 장엄하고 있다.

이상의 33번지 방 안

이렇게 막무가내로 쏟아지는 봄 햇살의 무량함을 바라보며,

이상의 33번지 방 안에 겨우 가 닿은 보자기만한 크기의 가난한 햇살을 아프게 떠올린다.

어둔 밤의 공기를 마시면 폐벽(肺壁)에 그을음이 앉을 것 같다며 '밤은 참 많기도 하더라'고 속내를 힘겹게 토로하던 이상의 또다른 어둠의 시간도 아프게 기억한다.

이상은 「조감도(鳥瞰圖)」가 아닌 「오감도(烏瞰圖)」의 시인,
그의 「오감도」 연작 속에 깊이 밴 어둠과 공포의 안쓰러움을 또한 기억하지 않을 수가 없다.

진정, 이상에게 필요했던 것은 대낮 같은 햇살의 양광(陽光)이 아니었을까.

아니, 단순한 태양광이 아니라 진리의 보배 광명이 아니었을까?

운명처럼 찾아온 근대를 끌어안고,

자신을 극한으로 몰아붙인 한 남자의 자존심과 신음 소리를 애도한다.

괜찮다고 그러오

마당을 지나, 언덕을 지나, 텃밭을 오가면서 나비들이 그들의
길을 가고 있소.

제1의 나비가 괜찮다고 그러오.
제2의 나비도 괜찮다고 그러오.
제3의 나비도 괜찮다고 그러오.
제4의 나비도 괜찮다고 그러오.
제5의 나비도 괜찮다고 그러오.
제6의 나비도 괜찮다고 그러오.
제7의 나비도 괜찮다고 그러오.
제8의 나비도 괜찮다고 그러오.
제9의 나비도 괜찮다고 그러오.
제10의 나비도 괜찮다고 그러오.

제11의 나비가 괜찮다고 그러오.
제12의 나비도 괜찮다고 그러오.

제13의 나비도 괜찮다고 그러오.

(이곳엔 괜찮은 나비와 괜찮아하는 나비만이 모였소.)

  그들은 다시 텃밭을 지나, 언덕을 지나, 마당을 오가면서 그들
의 길을 가고 있소.

너무나 황홀한 비행

노랑나비 한 쌍이 하루 종일 마당에서 날아다닌다.

날개가 퇴화된 나는 그들의 날갯짓 앞에서 황홀하다.

몸이 가볍지 않으면 날 수 없는 것,

영혼이 가볍지 않으면 날아오를 수 없는 것,

나는 그들의 가벼운 몸무게와 영혼을 사랑하는 것이다.

나비가 다녀간 빈 허공에 갑자기 민들레 홀씨가 하얗게 흩어지며 상승한다.

땅에서의 묵은 살림을 마치고 하늘로의 비행을 꿈꾸는 것이다.

아니다,

하늘로의 비행을 완성하는 것이다.

세간을 탈색한 분홍빛

복사꽃 필 날 기다린다.
세간을 탈색한 분홍빛이 여기에 있다.

천상의 색을 시연하는 복사꽃 분홍빛 아래 서면
무릉도원이란 말 저절로 이해된다.

복사꽃은

모든 꽃들 가운데 가장 비현실적인 꽃,
그래서 귀신도 쫓을 수 있다는 마력의 꽃,
그래서 사람들이 집 안으로 들이지 않겠다는 꽃,
그러나 신선들이 남모르게 아끼는 꽃.
내가 겁도 없이 사랑하는 꽃.

봄소식, 가을소식

봄이면 일찍 온 남쪽의 봄소식, 지리산이나 섬진강 그 어드메쯤
으로 북쪽의 서울 사람들 구름처럼 불러 모은다.

가을이면 제일 먼저 붉어진 북쪽의 단풍 소식, 설악산이나 오대
산 그 어드메쯤으로 남쪽 사람들 단숨에 달려오게 한다.

꽃 피는 봄날과 단풍 지는 가을 소식이
사람보다 먼저 멀고 먼 남쪽과 북쪽을 그리움으로 하나 되게 만
드는 이 비밀,

아마도 사람보다 꽃들과 나무들이 상급인가 보다. 더욱더 힘이
센가 보다.

온전한 선물

그대에게 노란 은행나무 한 그루 그대로 선사하고 싶다.
그대에게 복사꽃 키 큰 나무 그대로 안겨주고 싶다.

당신에겐 대숲의 높고 푸른 세계 통째로 전해주고,
나에겐 내 마음의 한일자 그대로 전해주고 싶다.

온전해서 완전한 세계,
세상의 모든 이들에게 순정하게 돌려주고 싶다.

나무바다바라밀

하늘에서 실비로 내려와,

계곡을 거치고,

도랑을 거치고,

개울을 거치고,

긴 강을 거쳐,

마침내 바다에 도착한 물은 처음보다 아주 많이 진중하고 성숙
한 모습이라고 한다.

물도 그만큼의 긴 시간을 통과하며 무수한 경험을 하고 수많은
어려움을 이겨냈기 때문이란다.[*]

이런 바닷물은 때에 따라 적절한 바라밀행으로 자신을 돌볼 만
큼 어른스럽다.

썰물 밀물이 규율을 잃으면 지계바라밀을,

썰물 밀물의 무한 반복이 고단하면 인욕바라밀을,

썰물 밀물을 만들기가 어려우면 정진바라밀을,

바다의 심연이 흔들리면 선정바라밀을,
바다가 전부라며 마음이 굳어지면 지혜바라밀을,

바다는 기도처럼 행하며 살고 있는 것이다.

지구의 삼분지이를 장엄하고 있는 이런 바다는 이 언덕에서 저
언덕으로 가는 길을 보여주는 선생이자 설법자이다.

나는 이런 바다를 향하여 아낌없이 찬탄을 헌정한다.

나무바다바라밀, 나무바다바라밀, 나무바다바라밀, 나무바다바
라밀……

* 에모토 마사루, 『물은 답을 알고 있다』, 홍성인 역, 더난출판사, 2008.

화서(花序)의 미학, 무서(無序)의 철학

새봄이 오면,

영춘화 피고, 산수유 피고,

창꽃 피고, 미선나무 꽃 피고,

냉이꽃 피고, 꽃다지꽃 핀다고,

꽃피는 순서 차례대로 외우며 꽃들을 순서대로 보내고 맞이하
는 사람들,

그것도 모자라 꽃잎 피는 순서 아침저녁 지켜보며 눈 맞추던 사
람들,

그들은 '화서의 미학자'들이다.

그러나

5월의 한가운데서 봄이 무르익으면

미학자들도 일제히 꽃 세는 일을 포기한다.

그러면서

천지가 꽃밭이라고,

천지가 화색이라고,

꽃 아닌 것이 없는 세상이라고,

차례 같은 것을 망각한다.

이제 그들은 '무서의 철학자'가 된 것이다.

고라니 울음소리

고라니 울음소리를 들어보았는가.

40대 장년의 자포자기한 외침처럼,
술기운도 묻어 있는 어쩌지 못하는 한탄처럼,
뒷산 어딘가에 나타나서 비틀비틀 외쳐대는

고라니의 그 울음소리를 들어보았는가.

그도 분명 말 못 할 어떤 사연이 있을 거다.

조주(趙州) 스님은 개에게도 불성이 있느냐는 물음에 '무(無)'자
화두를 들게 하였다는데
고라니의 울음소리에도 불성이 있는가라고 묻는다면 스님은 무
슨 화두를 내리실까.

고라니 울음소리가 잦아지는 나날이다.

가까이서 만나보면 작은 사슴처럼 예쁘고 착하기만 한데
어쩌다 이 격한 진화의 바다에서 그런 울음을 인연으로 지었는가.

누구에게도 연민심을 일으키는 고라니 울음소리를 들으며
궁금하여 다급하게 진화론도, 불성론도 거론해보지만,
그 소리 그대로 화두 삼으면
누구나 며칠은 고요 속에서 안거할 수 있을 것이다.

절집의 대나무 숲

사찰 뒤를 장엄하는 대나무 숲은 언제 보아도 수작이다.
바람 불어 쏴쏴 소리 내면 느슨했던 마음 팽팽해지고,
청정하고 성성한 그 기운은 산문일가 일체를 중생(重生)시킨다.

대나무는 마디마다 제 인연 정리하고 자라는 나무,
대나무 그 마디 보며 생의 잉여 깔끔하게 정돈하고,
대나무 상승하는 키를 보며 드높은 영혼길 따라가본다.

대나무는 오행 중의 겨울 닮은 수성(水性)의 나무,
절간의 죽비 소리도 이 기운 빌려다 쓰고,
여름날의 합죽선도 그 냉기 빌려다 쓴다.

아무 일 없이 지내더라

며칠간 집을 비우며
집 안의 꽃나무들 한걱정했더니

어른이 없는 사이,
언니는 동생들 엄마처럼 돌보고
동생들 의젓하게 언니 말 잘 듣듯이
서로가 의지하며 아무 일 없이 지냈더라

돌아와 그들에게 눈길 주며 물을 흠뻑 뿌려주니
그제서야 어린 양하며 참았던 긴장 풀고 물로 해갈하더라

현대시론 강의실

그대들이 어디서 온 줄을 모르듯이
시 또한 어디서 오는 줄을 알 수 없다고 하였더니

학생들 노트하던 손 잠시 멈추며
아득한 마음으로 무한을 더듬는다.

그들이 무한을 서툴게 더듬는 동안

바람이 어디서 온 줄을 모르듯이
올봄도 어디서 온 줄 알 수 없다고 덧붙였더니

학생들 말귀가 트였는지

연못의 동심원처럼 엷은 웃음 둥글게 번져 보이며
모르는 것의 무게를 조용히 즐기고 있다.

시를 합송하는 강의실

소리 맞춰 함께 시를 읽으면
우리 모두 한 가족이 된 것처럼 친근해진다.

소리 맞춰 함께 시를 합송하다 보면
용케도 비슷한 곳에서 다같이 숨을 고른다.

어쩌다 숨결 달라 앞서거나 뒤따르는 사람 간혹 있으면
기다리고 기다려주는 마음으로 강의실은 어느새 한소리의 탄생
지다.

시를 같이 읽으면서
우리는 모두 함께 꿈꾸는 자임을 알게 되고,

시를 읽는 강의실에서
우리는 하나에서 하나로 함께 가는 선우(善友)임을 알게 된다.

붓다의 시론

'시란 무엇인가'라는 화두를 받아들고
나는 순례객처럼 걸어왔다.
그러나 길은 끝없이 이어졌고
그 길 위에서 나는 언제나 미열이 났다.

그러던 어느 날,

심저에서 나는 붓다의 음성을 들었고,
그것은 미열을 치유하는 '붓다의 시론'
몇 장을 훔치게 하였다.

붓다의 시론은,

인간이 붓다임을 깨닫게 하는 시론
인간을 붓다로 살게 하는 시론

시인이 시불(詩佛)임을 시사하는 시론

시인이 시승(詩僧)이기를 소망하는 시론

입정(入定)에 들다

죽음은 길고 긴 입정의 시간 같다.

그 시간을 거치지 않고서 이생에서의 소란한 삶을 어떻게 치유하겠는가.

겨울도 꽤나 긴 입정의 시간 같다.

그 시간이 아니면 치성하는 생명들의 붉은 욕망을 누가 현명하게 차단할 수 있겠는가.

한밤중도 그날의 입정 시간 같다.

그 캄캄한 밤이 아니면 누가 눈을 감고 묵언에 들려고 하겠는가.

죽음을, 겨울을, 한밤중을 기획한 우주법은 정교하다.

그 기획이 아니었다면 우리들의 고단한 삶은 끝을 알 수 없었으리라.

새의 은총

오던 새들이 오지 않으면 궁금하고,
오지 않던 새들이 날아오면 흥분된다.

하루 종일 새들로 집 안은 생기 넘치고,
하루 종일 새소리에 귀는 맑아진다.

새 자취 좇으며 그 모습 놀라워 옆 사람 다급히 불러대면
새들은 어느새 다른 가지로 날아가 민망하게 만들고
새가 떠난 나뭇가지는 무심히 흔들리며 제자리 찾고 있다.

밤이 되면 새들도 어딘가에 가서 잔다.
가느다란 두 발로 어느 곳을 의지하여 잠을 자는지
그들의 밤이 궁금하고 염려된다.

천문학자의 천안통(天眼通)

한 천문학자에게

당신은 어느 별을 연구하느냐고 기자가 물으니

그는 한두 개의 별이 아니라 대여섯 개의 성단을 연구한다고 대
답한다.

성단이라는 말이 익숙지 않아 백과사전 찾아보니,

성단(星團, star cluster)은 중력으로 뭉쳐 있는 별들의 무리이다.
성단은 크게 두 가지 종류로 나눌 수 있다. 하나는 구상성단(球狀星
團)으로 매우 늙은 별들이 수십만 개가 뭉쳐 있는 것이다. 반면 산
개성단(散開星團)은 수백 개 이하의 별들로 이루어져 있으며 매우
젊다. 산개성단은 은하로 접근하면서 분자 구름의 중력에 의해 흩
어지게 된다. 그러나 이들은 분산되면서 더 이상 중력으로 묶여
있지 않게 됨에도 불구하고 여전히 우주 공간에서 같은 방향으로
이동하며, 이들을 성협이라 부른다(다른 이름으로 이동성군(移動星

群)이라 부르기도 한다)

라고 되어 있다.

이렇게 많은 별들을 자식처럼 품어 안고 연구하는 천문학자는 분명 전생에 저 별 어딘가에 살았을 것이다. 그렇지 않다면야 어떻게 그토록 많은 별들을 평생 보살피면서 살 수 있겠는가.

천문학자들이 모인 교수마을이 무척이나 궁금해진다. 현대식 천안통이 열린 그들을 방문하여 하늘 소식 육성으로 들어보고 싶다. 새벽별을 보시고 깨달았다는 석가모니 부처님의 속사정도 그 속에 끼워 질문해보고 싶다.

오래된 진리

오늘은 덩치 큰 호수가 어울리지 않게 쓸쓸한 표정이다.
나이 든 사내가 환절기 감기를 앓고 있는 듯하다.

유난히 날개가 큰 흰 새 한 마리가 하얀 빛을 뿜으며 신선처럼
날아오르지만,
그것으로 덩치 큰 호수의 쓸쓸함이 가시지는 않는다.

나는 호수에 어서 따스한 봄이라도 오면 좋을 것이라 기대하나,
계절을 내 맘대로 할 수 없다는 건 이미 오래된 진리이다.

그러나 봄은 곧 올 것이고
그때쯤이면 호수도 다른 모습이 되어 있을 것이다.

쓸쓸함도 시간이 지나면 사라지고,
환절기도 계절이 흐르면 그냥 사라지는 것이 또한 오래된 진리
이지 않은가.

우리는 묵묵히 길을 가는 붓다

왜 자꾸 나는 세상에 개입하는가.

목련이 일찍 진다고,
저녁이 일찍 온다고,
바람이 차갑다고,
나무가 늙었다고,
뒷산이 높다고,
먹구름이 가득하다고,
저 사람은 성질이 고약할 것 같다고,

나는 왜 자꾸 세상을 향하여 알 수 없는 간섭을 계속하는가.

어느 것이나 앞을 보며 그만의 길을 묵묵히 가는 붓다이거늘

왜 나는 그들을 나에게로 이끌어오려고 하는가.
왜 나는 그들에게 이끌려가고 있는 것인가.

이 지구별에서 함께 살아간다는 사실

다른 별이 아닌
이 지구별에서 함께 살아가는 것들,

다른 별이 아닌
이 지구별에서 함께 살아간다는 사실,

다른 별이 아닌
조금 외지고 불안정한 이 지구별에
함께 와서 함께 산다는 사실을 생각하면,

마음이 먹먹해지며,
세상 모든 것들이 안쓰럽고,
세상 모든 것들에게 미안하다.

낮은 데서 잔디꽃이 피고

낮은 데서 잔디꽃이 피고,
까만 잔디씨가 일제히 매달리니,
잔디밭은 이내 가뭇한 어둠빛이다.

현현(玄玄)하다.
씨앗을 매달며 깊어진 잔디밭의 초여름이 중후하다.

파꽃에 대한 명상

성질이 고약하다고 오신채 목록에 들어가 있는 대파는 평생 스님들을 만나 뵐 수가 없다.

스님들은커녕 사찰의 경내에도 들어갈 수 없는 대파가 제 성질대로 텃밭에서 위로 솟구쳐 키를 키우더니 주먹만한 둥근 꽃을 머리 꼭대기에 힘차게 매달았다.

파꽃도 꽃인지라 그들이 무리지어 피어 있는 파밭의 풍경은 장관이다.

무리지어 피어난 파꽃 위로 벌들이 한창이다. 스님들을 뵐 수 없는 파꽃에도 벌들이 찾아온 것이다.

다행이다. 파가 너무 강하여 잠시 눈 밖에 난 것은 사실이나 스님들이 파를 미워한 것은 아닌 것이 분명하다.

파밭은 점점 의젓해져가고,

파들은 독각승(獨覺僧)처럼 꿋꿋해지고,

파들은 마침내 스님들의 방편행을 이해하고,

산문 밖에서도 해탈이 가능하다는 소식을 조용히 전달하고 있다.

천 년 전에 불던 바람

천 년 전에 불던 그 바람이 지금도 여기서 불고 있다며
시인 박재삼은 반야의 감각으로 바람을 노래하였다.

만 년 전에 흐르던 강물이 지금도 여기서 흐르고 있다는 것을
강가의 사람들은 처음부터 안 것처럼 그렇게 경건히 살고 있다.

오늘도 하늘을 우러르면 별빛은 신령하게 반짝이고
그 별빛 태초부터 빛났음을 영감처럼 느껴보면
별빛에서 전해오는 무궁함에 가슴조차 먹먹하다.

우리는
묵은 바람으로 치유한다.
오래된 강물로 진정한다.
영원의 별빛으로 깨어난다.

시 : 불성(佛性)에 대한 믿음, 불성과의 만남

정 효 구

　인류는 왜 시를 써왔는가? 그리고 지금도 시를 쓰고 있는가? 인류는 왜 시를 읽어왔는가? 그리고 지금도 시를 읽고 있는가? 무엇이 인간들로 하여금 이처럼 긴 시간 동안 변함없이 시를 쓰게 하고, 시를 읽게 하였던 것일까? 그것은 한마디로 말해서 시가 지닌 높은 가치와 그에 대한 존중의 마음이 사람들의 마음속에 자리잡고 있기 때문일 것이다.

　인간사 속에서 시에 대해 이와 같이 높은 가치를 부여하고 그에 대해 존중의 마음을 보인 일은 시를 '경(經)'의 세계로까지 들어올려 '시경(詩經)'이란 이름으로 시모음집을 편찬하였던 2천여 년 전 공자(孔子)의 시기에 절정을 이루었던 것이 아닌가 한다. 다들 아시다시피『시경』은 유가의 정신적 거점인 사서삼경 가운데 하나였고, 공자는 제자들에게 6경을 가르치는 교과과정 속에서 『시경』을 맨 먼저 교육하였다는 소문도 전해진다. 여기서 우리는 시라는 존재가 단순한 기예로서의 예술적 차원을 넘어 인류의 지혜를 담은 본격적인 지혜서로 자리매김되었던 역사를 만나볼 수 있다.

그렇다면 시의 어떤 점 때문에 시라는 것이 그토록 중요하고 높은 위상을 부여받을 수 있었던 것일까? 그리고 지금까지 사람들에 의하여 존중을 받으면서 지속적으로 쓰이고 읽히게 된 것일까? 우리는 누구나 시로써 현실적인 생계 문제를 해결하기가 어렵다는 것을 알고 있음에도 불구하고 시야말로 현실적인 생계 너머의 어떤 차원을 열어보이는 최전선에 놓여 있다는 것을 느끼고 있다. 그리고 시가 지닌 현실적인 생계 문제의 해결 능력 여부와 관계 없이 시에 대한 자발적인 애정과 존중의 마음도 갖고 있다.

그렇다면 무엇이 사람들로 하여금 자발적으로 시를 쓰게 하고, 읽게 하며, 시의 높은 위치와 위상을 마음속 깊은 곳에서 받아들이게 한 것일까? 이런 질문에 대하여 우선 짧게 답한다면 그것은 시라는 것이 기본적으로 인간이 지닌 불성(佛性)을 신뢰하고 그것을 드러내어 소통하며 공유하고자 하는 차원 높은 인간적 행위이기 때문이라는 것이다. 시를 쓰는 시인 자신은 물론 그것을 읽거나 읽게 될 모든 인간들이 불성을 지니고 있다는 이 믿음과 대전제야말로 이 세상에 존재하는 수많은 인간 이해의 견해 가운데 단연 최고의 자리에서 인간을 바라보는 입장이다. 인간이 불성을 지니고 있다는 것, 다시 말하면 부처의 성품인 불종자(佛種子)를 지니고 있기에 언젠가 성불할 수 있다는 이 믿음과 기대, 이것은 인간이 자기 자신은 물론 다른 인간들에 대하여 가질 수 있는 최대의 긍정적 진단이자 최고의 평가이다.

인간 모두를 이처럼 불성을 지닌 존재라고 신뢰할 때 세상은 부처가 될 진리의 사람들로 가득 찬 '불성 공동체'가 된다. 여기서 사람들은 그 불성에 의존하여 말을 하며, 그 불성이 깨어날 것을 기대하고 다른 사람의 말에 귀를 기울인다. 실제로 시인들이 이와 같은 불성을 의식적인 차원에서 자각하고 시를 창작하고 있는지 그렇지 않은지에 대해서는 분명하게 말하기 어렵다. 그러나 시가 그간 존재해온 사정을 놓고 볼 때, 시인들의 시 쓰기는 그것이 의식적인 것이든 무의식적인 것이든 불성에 대한 믿음과 기대 속에서 시작되었다고 볼 수 있다. 그리고 사람들의 시 읽기와 시에 대한 존중의 마음 또한 그와 같은 믿음과 기대 속에서 이루어졌다고 말할 수 있다.

그렇다면 불성이란 무엇인가. 이에 대해 누구도 인간적 언어로 산뜻하게 말할 수 없다. 그러므로 위험을 무릅쓰고, 일종의 방편이라는 생각으로 말을 꺼낼 수밖에 없다. 불성이란 거칠게 표현하자면 우주의 마음이다. 에고로서의 나의 마음이 아니라 에고를 넘어선 무아로서의 우주의 마음이다. 이 우주의 마음은 존재와 세계를 일체로 보며 평등하게 본다. 일체감과 평등심 속에서 존재와 세계는 '화엄의 장'이 된다. 다시 말하면 연기(緣起)된 일체의 장이자 무심한 조화의 장이 되는 것이다.

시인들의 시 쓰기와 독자들의 시 읽기는 이와 같은 불성에 대한 믿음에서 시작된다. 에고로서의 나의 마음을 넘어선 우주심의 세계를 만나고, 보여주고, 확인하고, 나눌 수 있다는 믿음이 시 쓰기와 시 읽기를 가능하게 하는 것이다.

그러고 보면 인간은 참 괜찮은 자질을 가진 존재이다. 에고의 두께에 가려져 보이지 않는 저 심해의 불성, 아니 우리들의 몸 전체에 편재해 있는 이 우주심의 소리를 들을 수 있고 듣고자 하는 존재가 인간이지 않은가. 그리고 그 소리를 듣고, 들을 수 있다는 믿음을 생래적이라 할 만큼 두루 견고하게 지니고 있는 존재가 인간이지 않은가. 인간에 대한 믿음, 그 불성과 우주심에 대한 믿음이 시를 낳고 품는다. 그런 점에서 시 쓰기와 시 읽기는 불성에 대한 믿음에서 싹을 틔우고 그곳에 거처를 두고 있다. 그 믿음이 존재하는 한 시 쓰기와 시 읽기는 계속될 것이다. 그리고 시에 대한 존중의 마음 또한 지속될 것이다. 세월의 흐름과 더불어 시의 외적 형태가 바뀐다 하더라도 그 마음과 처소는 바뀌지 않을 것이다.

우리는 너나없이 서로를 믿고 싶어 한다. 그리고 존중하고 싶어 한다. 잠시라도 자신의 속마음을 경청해본 사람은 이 말에 대하여 이의를 달지 않을 것이다. 그러면서 그것이 불성의 소리이며 불성에 대한 그리움인 것을 알게 될 것이다.

시의 출발과 과정과 현존은 이 불성에 대한 믿음을 근거로 한다. 인류란 불성 공동체임을 믿는 마음이 시를 가능케 한다. 시는 인간의 참된 본성을 토대로 삼고 있는 '참나'의 장에 서 있는 것이다.

정효구 鄭孝九

1958년 출생. 충북대학교 사범대학 국어교육과를 졸업하고 서울대학교 대학원(국어국문학과)에서 석사학위와 박사학위를 받았다. 1985년 『한국문학』 신인상을 받으며 문학평론 활동을 시작했다. 미국 럿거스대학교의 동아시아 언어문학과에 교환교수로 체류한 바 있다.

저서로 『시읽는 기쁨 1-3』 『한국현대시와 평인(平人)의 사상』 『마당이야기』 『맑은 행복을 위한 345장의 불교적 명상』 『일심(一心)의 시학, 도심(道心)의 미학』 『『한용운의 『님의 침묵』, 전편 다시 읽기』 『붓다와 함께 쓰는 시론』 등 다수가 있다. 2016년 현대불교문학상을 받았다.

현재 충북대학교 인문대학 국어국문학과 교수로 재직하고 있다.

신 월인천강지곡(新 月印千江之曲)

초판 인쇄 · 2016년 6월 28일
초판 발행 · 2016년 7월 5일

지은이 · 정효구
펴낸이 · 한봉숙
펴낸곳 · 푸른사상사

편집 · 지순이, 김선도 | 교정 · 김수란
등록 · 1999년 7월 8일 제2-2876호
주소 · 경기도 파주시 회동길 337-16 푸른사상사
　　　 서울시 중구 을지로 148 중앙데코플라자 803호
대표전화 · 031) 955-9111~2 | 팩시밀리 · 031) 955-9114
이메일 · prun21c@hanmail.net
홈페이지 · http://www.prun21c.com

ⓒ 정효구, 2016
ISBN 979-11-308-0658-7 03810
값 13,000원

이 도서의 국립중앙도서관 출판예정도서목록(CIP)은 서지정보유통지원시스템
홈페이지(http://seoji.nl.go.kr)와 국가자료공동목록시스템(http://www.nl.go.kr/
kolisnet)에서 이용하실 수 있습니다 (CIP제어번호 : CIP2016012391)